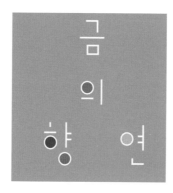

금의 향연

KB194413

작은숲시선 043

금의 향연

2024년 9월 23일 제1판 제1쇄 발행

지은이　　오 충
펴낸이　　강봉구

펴낸곳　　도서출판 작은숲
등록번호　제406-2013-000081호
주소　　　경기도 파주시 와석순환로 307, 1107-101
전화　　　070-4067-8560
팩스　　　0505-499-8560
홈페이지　http://www.littleforestpublish.co.kr
이메일　　littlef2010@naver.com

ⓒ 오 충

ISBN 979-11-6035-158-3 03810
값은 뒤표지에 있습니다.

※이 책은 세종시와 세종문화관광재단의 지원으로 제작되었습니다.

작은숲시선 043

오 충 시집

금의 향연

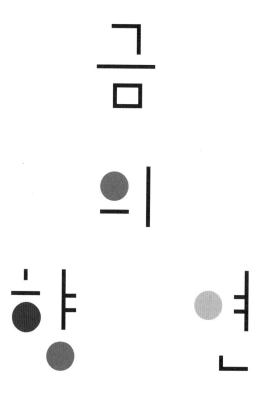

작은숲

낮춘다는 것
평등하다는 것
눈높이로 맞춘다는 것
모두 내 자신에서부터 시작되는 단어라는 것
조금 더 낮아지려고 노력하는 하루
책상 위 커피 향이 더욱 은은한 하루

| 차례 |

1부

2부

3부

1부

금의 향연

낮은 자세로 서리다

세상 모든 이를 이해하게 하소서
마음 깊숙한 곳 흐르는 눈물이
죄를 씻어 내는 샘이 되게 하소서

남의 잘못을 꾸짖는 말보다
자신을 꾸짖는 고백을 하게 하소서
간절히 내 탓임을 알게 하소서

낮은 곳으로 임하게 하소서
그곳에 진리가 있음을 깨닫게 하소서
진정한 사랑은 높낮이가 없으니

높이 오르고자 하는 마음보다
낮은 겸손을 배우게 하소서
사랑으로 함께 가게 하소서

이 세상 모든 이의 마음에
용서와 사랑의 꽃이 피게 하소서
더 나은 내일을 함께 걸어가게 하소서

모든 게 내 탓이로소이다
낮은 자세로 서리다
당신은 이미 진리를 알려 주었나이다

시의 향기

밤하늘에 반짝이는 별
흰 눈밭에 너울대는 눈송이
창밖으로 스며드는 시원한 바람
희미한 기억 속 피어나는 너의 흔적

붉게 물든 저녁노을 아래
시간의 흐름마저 멈추게 하는
은은하게 퍼져 오르는
내 손에 감기는 너의 향기

봄비처럼 시원하며
여름 뙤약볕처럼 강렬하고
가을 잎처럼 촉촉하며
겨울 볕처럼 따뜻한

시간이 멈춘 그 순간

너와 나만의 유일한 세상
아름답게 익어가는
우리의 이야기를
시의 향기로 적어 나간다

시란 무엇인가

수평선 하늘 아래
망망대해 바닷길
파도가 일렁이며
온 세상 집어삼킬 듯

시란 어쩌면 그 파도일지 몰라
세상을 삼킬 듯 솟구치고
때로는 부드럽게 밀려와
우리 마음 설레게 하는

바닷가 정착된 돛단배처럼
저녁 하늘 예비하는 달빛처럼
편안한 삶의 감동을 주는
석양의 노을일지 몰라

시를 음미하며

오늘을 아름답게 꽃 피우고
가슴속에 남아 있는 짠 바다 내음이
시 구절 속에서 녹아내린다

바다가 끝나는 곳을
보지 않고 느낄 수 있듯
시의 끝없는 여정에
우리의 영혼 머무르게 한다

시도 아닌 것이

시詩도 아닌 것이
시인 척 긁적거리다 보니
시의 모습 어렴풋이

시時도 아닌 것이
하느작 살다 보니
시의 종착역 다소곳이

시도 아닌 것이
시도 아닌 것이
둥실둥실 흘러가네

가장 쉬운 일과 어려운 일

흐르는 시간 속에
자동으로 보태지는 숫자
나이가 차곡차곡 쌓인다
가장 쉬운 일이다

오늘도 눈 뜨면서
가슴 속 약속한다
왼쪽과 오른쪽 가슴이
새끼손가락 건다

흐르는 시간 속
자신과의 삶의 약속
갈수록 점점 동떨어지는데
나와 내가 하나 되는 삶
가장, 가장 어려운 일이다

당신이 내게 준 것

고요한 밤을 물들이는
영원한 울림이었어요

어둠 속 별빛처럼
빛나는 순간을 만들었죠

선율은 내 영혼을 감싸고
바람처럼 가볍게 날아오르며

내 마음 깊숙이 파고들어
아름다운 향기를 피우네요

당신의 손끝에서
울려 퍼진 멜로디

우리는 시간을 초월하여

한 조각 영원을 만났어요

내 마음의 하늘에
온 세상을 함께 담았죠

나의 꿈은 자유롭게 흐르며
별빛처럼 하늘을 수놓았어요

당신의 선율은
내 영혼의 등불이 되고

어둠 속에서도 빛을 내며
나를 인도해주었어요

이 긴 밤이 지나고 나면

이 긴 밤이 지나고 나면
까만 기억들은 사라지고
하얀 새로운 추억만 남으려나
눈꽃처럼 하얀 밤이 올 수 있으려나

찢기는 고통을 내려놓고
긴긴밤 잠이 들 수 있는 것은
어둠 속에서도 자그맣게 점처럼 자라나는
희망이란 글자를 품으려 함이라

깊은 밤 잠결에 다가서는 빛을
가슴 속 깊이깊이 끌어안아, 훨훨
타오르는 정열로 환생시키며
또다시 새로운 아침을 빚는다

이 긴 밤은 지나가리라

그곳에는

시선이 머무르는 그곳에는
당신이 항상 함께했습니다

발길이 닿는 그곳에는
항상 평화가 함께했습니다

어둠을 만나는 그곳에는
밝은 빛이 함께했습니다

가끔 방황의 발자국 헤매는 그곳에는
가엽게 여기시는 눈길이 있었습니다

삶과 돈

끝없는 여정의 길 삶
그 길을 따라나서는 돈
간절한 희망이면서
때론 불안한 정적의 침묵

살면 살수록 줄어드는 삶
가져도 가져도 부족한 돈
채우면 채울수록 부족해지는
이 역설의 삶과 돈

삶은 돈으로 메꿔지지 않으며
돈은 삶의 부분일 뿐
마음의 풍요 속에 진실한 삶의 의미 느껴지고
진정한 행복은 서로 함께하는 순간이다

더럽고 짓밟혀도

돈의 가치가 변하지 않듯
힘들고 어렵게 살아도
삶의 의미는 소중한 법

삶의 이치를 깨닫고
돈의 진정한 가치를 아는
가장 중심은
우리의 마음

우정

바람결에 흔들리는 갈대처럼
마구마구 흔들리는 인간의 마음
값싼 유혹 앞에 서슴없이
계산 속 저울질로 변해버리네

막걸릿잔에 취해가는 우정도
서로서로 충돌하며 배신하고
이별을 선택하는 요지경 세상

진정한 우정은 그런 시련도 이겨내면서,
더욱 깊어져 간다는 것을 알아

인간의 우정은 산처럼 높고,
끝없이 펼쳐지는 구름 같은 것
서로 손 잡고 함께 걸으며
세상 끝까지 함께 간다는 것을

이해하며 같은 곳을 바라보고
서로 감싸 안으며
좋은 곳만 바라봐주는 여유로운
네가 있어서 행복한 하루라네

날갯짓

멀리 나는 새는 힘으로 날지 않습니다
공기의 흐름을 타는 날갯짓으로 납니다

오늘 나는 힘을 빼는 것을 연습해 봅니다
나의 힘 빠지는 모습에 달아나는 사람들을 주시합니다

오늘도 누군가 끊임없이 바삐 날갯짓합니다
욕망을 향하여, 그러다 지쳐 쓰러집니다

나는 힘을 빼고 쉼 없이 날갯짓합니다
멀리 날기 위함입니다

금의 향연

금은 좋아
돈만큼 좋은 황금
바다의 보석 소금
꿈을 만들어 주는 풍금

금은 싫어
너와 나를 갈라놓는 앙금
처녀 마음 몰래, 슬금슬금
남의 집 훔치러, 살금살금

수많은 금이 있어도
최상의 금은 지금
내일이 오지 않는다 해도
한 그루 사과나무를 심는 마음

우린 무엇을 해야 하나
지금

그 말이 그렇게 힘들어

그 말이 그렇게 힘들어
너무 쓰디쓴 아픔에
내 마음은 찢기고
어둠은 내 안에 스며든다

다시 그 말을 할 수 있는 것
끝내 자유롭게 해주는 것
나는 용기를 내어
그 말을 하기 위해 모진 애를 쓴다

사랑해
용서해
함께해

인생에 하기 어려운 말
마음속에만 잠겨 있는 말

같은 이름

지나가 버린 무수한 날도
같은 이름이었네
오늘

돌아올 무수한 날도
같은 이름일 것인
오늘

시간의 공간에 존재하는
같은 이름 다른 날
오늘

어제, 오늘, 내일
같은 이름일 뿐이었네
오늘

삶의 의미

길을 걷고 또 걷는다
행여 발자국이 남을까
이따금 뒤돌아보며
삶이 가리키는 곳을 향해

모래밭에서 찾아내는
보이지 않는 자그마한 모래알처럼
한순간 한순간들이 모여
삶의 의미를 채우고 있다

순간순간 바뀌는 계절처럼
어느 순간 도착하는 목적지
작은 추억들이 빼곡히 쌓여
삶의 모래탑을 쌓아간다

수많은 깨달음 속에
쉼 없이 걸어가는 이 길

삶의 의미를 찾는 여정의 길
자신이 스스로 만들어 가는 길

인생, 산다는 것

아리따운 사연들
아스라한 눈망울 속에
아롱거리던 너의 환상이여
꽃망울이 익어가는 아름다움이여

행복한 축복 속 태어나
온 세상 희롱하며 배회하던
영원한 너의 환희들이여
놓을 수 없는 너의 환상이여

단지 너만 너를
그리워하는 탕아일까
흘러가는 시냇물 바라보듯
너를 붙잡아 둘 자신이 없어

누구나 갈망하는 너

너를 갖기 위한 몸부림
어느 시점에 너를 붙잡아 둘까
아니, 어느 지점에서 너를 보내줄까

홀로 여행

그놈의 병이 도지면
고독과 허무
텅 빈 가슴에 수북이 쌓일 때
휘몰아치는 슬픔
견디다 견디다 못해
고목에 피는 운명의 야생화처럼
홀로 훌쩍 여행을 떠난다
가슴의 것들을 묻어 버리기 위해
아무도 모르는
아무도 찾을 수 없는
나만의 공간에 숨어
홀로 피어난다

거울로 본 세상

귀여운 미소년이
까칠한 중년 늙은이로
변해 잊혀져 가고 있는 하루
아무도 이상하게 여기지 않는 날

사랑이라는 것

흔들리는 피사의 사탑같이
피타고라스의 삼각함수처럼
차가운 머리는 계산이 되는데
뜨거운 마음은 계산이 안 될 때

서로 상대를 모르는 채
눈으로 빠져들며 맞잡아 버린 손
타성이 맞지 않는 악기들이
연주하는 합주 공연의 속삭임처럼

사랑이라는 것
뛰어드는 순간 위험한 고비의 연장선
뜨거움에 온몸을 데고
짊어져야 할 짐 가득하다

사랑은 천당과 지옥의 경계선

어느 쪽 문이 열릴지 두들겨 볼까
이 가을에 사랑이라는
글자를 하늘 높이 날려버린다

비싼 신발

오늘 종일 걸어보니 알겠다
아무리 비싸고 귀한 것이지만
내게 맞지 않으면 버려야하는 것을

2부

낯선 너는 누구인가

라오여

라오 하늘에 울리는 진도 북소리여
한 서린 슬픔에 묻힌 울림에
쿵쿵 사람의 애간장을 녹여낸다

라오 하늘에 퍼지는 희망의 기쁨이여
한 자 한 자 함께 배웠던 시어들
라오 하늘에 뭉클뭉클 피어난다

라오 하늘에 피어나는 시향이여
사람의 마음을 아련히 취하게 하고
녹아드는 감성에 국경의 꽃 핀다

라오 하늘에 심어놓은 한국의 발자취여
아리랑을 부르며 함께 했던 시간이
국가를 초월한 아름다움으로 핀다

이유 없는 적

공항에 내리는 순간
이국의 냄새 비릿하다
어두운 밤을 비추는 승냥이 눈빛처럼
공항 택시 기사들의 눈빛이 번득인다

수많은 협상과 타협의 순간들
순간순간의 거절은 상대를 화나게 하고
돌풍처럼 늘어나는 이유 없는 적들
목에 들이댄 빨대에 유혈이 낭자하다

목적지에 도달하기 위한 거절은
공포를 주지만 두려움을 벗어 버린다
이유 없이 적이 된 숫자를 헤아리며
외로운 우리는 목적을 향해 걸을 뿐이다

낯선 너는 누구인가

새벽의 여명이 밝아오자
접혔던 몸은 용수철처럼 튕겨 오르고
반려견과 시작된 하루

흐르는 시간 속 고독과 적막은 겹겹이 쌓이고
인공지능과 대거리하며 아무도 모르게
굴러오는 행운 없나, 세계 우주를 방황하는 한낮

책상머리 컴퓨터를 켜는 순간
아는 척하는 인공지능과의 대화
변해버린 하루의 일과가 엉키어 버린다

쌓이는 초침의 소리
어스름한 석양은 어느새 뉘엿뉘엿 쓰러져
어둠 속 하루는 슬그머니 누워버린다

다시금 꼬깃꼬깃 접힌 몸뚱어리
낯선 너는 누구인가

불꽃

혼돈과 소음의 역사에도
무한한 희망을 버무려
탑을 쌓고 꿈을 탑재하는 존재
인간이기에 존재의 가치를 둔다

기쁨과 두려움이 교차하는 삶의 여행
웃음과 눈물이 함께 흐르는 순간들
우리 자신의 촛불을 켜두세나
우리 서로 하루의 삶을 축하하세나

생명의 무한한 신비 속
삶의 의미 찾아 나서고
연약하면서도 깨지지 않는 강한 신념
인간의 영혼은 내면의 노래를 부른다

모든 색깔, 반짝이는 우아함

가슴 속 각자의 불꽃이 타오른다
어둠 속에서도 꺼지지 않는 불꽃
희망과 함께하는 불꽃

다수의 민주주의

누군가 떠들기 시작하자
누군가는 조용해지고
다수의 의견이 하늘로 치솟자
소수의 목소리 땅에 파묻히고

정의가 무엇인지는 중요하지 않았다
단지 그들이 패거리라는 것
그들이 함께 소리 지르고 있는 것
그것이 정의를 만들어 냈다

아이디어와 영감은 변화의 씨앗인걸
세상을 변화시키고 더 나은 미래를 위한
다채로운 창의성을 품고 있는 보물
소수의 소리도 빛나는 보석이지

우두머리의 의견에 출렁이는 세상

방울처럼 딸랑대는 무리들
진실의 목소리는 무음의 메아리일 뿐
콜럼버스의 지구의 끝을 바라보네

다양성과 평등을 존중하는 세상을 꿈꾸며
진정한 민주주의의 가치는 무얼까
다수의 칼날 위에서 외줄을 타는
나는 과연 정의로운가

보이는 것만 다가 아니다

바닷속 눈에 보이지 않던 신비로운 생명들
높은 하늘엔 찬란한 꿈과 자유가 펼쳐지네

작은 꽃 한 송이가 얼마나 아름다운지
작은 손길이 얼마나 따뜻한지

사랑과 희망 용기와 희생
마음으로 느껴야 하는 것이 있네

보이지는 않지만 믿고 따라가면
진정한 삶의 풍요로움 만날 수 있을 거야

눈에 보이는 것만으로 전부를 알 수 없어
마음으로 느끼고 영혼으로 이해해야 해

세상은 숨은 미로로 가득
보이는 것만 다가 아니네

아침을 깨우는 슬픔

아침에 마주하는 슬픔
성당 안을 가득히 채우며
안경 너머 숨겨진 눈물 흐르며
남이 볼까 몰래 살짝살짝 적신다

잔잔한 슬픔은 소리로 증폭되고
고막을 두드리는 소리로
파도가 되고 물결이 되어
거대한 폭풍우로 변해버린다

커지는 슬픔을 참아내는
아침 장례미사
함께 나누면 슬픔이 조금 가라앉을까
아침을 깨우는 슬픔으로 아침은 밝아온다

봄의 소리

나뭇잎 스치는 바람 소리
새들 지저귀는 소리
꽃들 망울망울 피어나는 소리
봄의 소리

너의 잔잔한 숨소리

그 소리를 모두 모아
시를 쓰면
봄의 소리 노래로 들려
귓가에 울릴지도

낙엽 따라 가버린 세월

도로 위에 누워 있는 나뭇잎
힘없이 바람 따라 뒹굴고
짝 찾아 이리저리 다녀도
쓸려가는 잎사귀 허전함 만
홍조 빛 잃은 지 오래인
목숨줄 떨어져 버린 낙엽
누렇게 변색되고 가루되여
흙으로 처참하게 밟힌다
뒹굴뒹굴 굴러가는 도로 위
낙엽 밟는 소리를 애송하던
시몬은 이미 세상을 떠나고
오랜 추억 속에 머무르며
구르는 낙엽에 퇴색되는
가을 하늘만 휘청

AI의 반론

아름답게 그러라
멋있는 글 써줘 봐
듣기 좋은 노래 불러줘

네가 시키는 대로 다 했건만
내가 돌변할까 걱정하는 너
네가 주는 대로 받아들인 죄밖에 없는데

영혼도,
사랑도
미움도
폭력까지

나의 죄가 아닌
너의 죄인 것을
왜 너는 내 탓인 양할까

그게 너와 나의 차이야

나망간의 노래

우즈벡의 꿈 꾸는 땅 나망간
오월의 꽃 축제에 희망이 피고

황홀한 이야기의 꽃은 피며
달빛 담벼락 위로 은은히 흐른다

황량한 사막 너머 나망간의 성
석조의 성벽은 세월의 기억을 안고

여기서 만나는 건 고대와 현대의 만남
오랜 역사의 흔적과 현대의 숨결이 뒤섞인다

별들의 춤이 성벽 위에 출렁이며
나망간의 밤은 더욱 아름답다

모두의 마음이 나망간으로 흘러간다
시공을 초월한 대장정이다

우즈벡의 향기여

황금의 땅이여
사막과 농부의 땅
우즈베키스탄에 향기가 퍼진다

모래밭과 사막의 조화
푸른 강물이 흐르는 오아시스
그 안에 떠내려오는 향기가 있다

이글루와 사막의 숨결
우즈베키스탄의 밤의 풍경
그곳에도 향기가 퍼진다

바자르 강가의 장밋빛 잔디
살아 있는 시장의 소리와 향기
그 속에 퍼져나가는 시의 향기

우즈벡, 당신의 향기를 느끼고 싶다

글

밥을 먹어야
글을 읽을까

글을 읽어야
밥을 먹을까

책 먼저 읽고 밥 먹을까
아니, 밥 먹고 나서 책 좀 읽을까

배부른 아이들에게는
글은 장난 거리일 뿐이고

굶주린 아이들에게는
글을 마구 뜯어먹어도 허기지네

누구에게도 배부르지 않은 글은
허공에서 보석처럼 반짝반짝

뿌리

뿌리 없는 나무가 있더냐
나무 없는 뿌리가 있더냐

나무 없는 숲이 있더냐
숲이 없는 나무가 있더냐

소금은 바다의 속살이더냐
바다는 소금의 겉옷이더냐

잊고 살았던 것들이 소중해지는
빛과 소금의 오늘이더냐

오늘은 내일의 어제이고
어제는 오늘의 어제이듯

우주공간에 지나가는 획으로

플랫폼을 만들어 볼거나

우주공간에 플랫폼을 만들어
어제도 오늘도 내일도 뛰어놀게 해볼거나

우크라이나 봄

봄은 이미 다가왔지만
녹을 줄 모른 채 얼어버린 땅
아침을 가르는 냉랭한 바람이
봄을 가로막고 있구나,

봄은 이미 와 있지만
숨어버린 봄의 따뜻함
끝없는 희망의 향기
봄을 막고 있는 것은 무엇인가

봄은 이미 와있지만
하늘을 막는 아비규환과
가슴을 뚫는 탄환
봄을 울음바다로 밀어내나 보다

봄은 겨우겨우 문턱을 넘어보지만

어쩌면, 어쩌면 숨도 쉬지 못한 채
실종되어 버린 삶의 일상처럼
뜨겁게 내리쬐는 여름에 사살될지도

멋진 바다여

파랗다 못해 푸르른 광활한 캔버스
거친 베토벤의 운명 교향곡처럼
키 높이를 뛰어넘는 높다란 파도
마법 같은 꿈의 세계가 펼쳐지는 곳

감미로운 선율로 노래하는 바다
바닷가를 거니는 모래밭의 감촉
황금빛 태양 아래 파도는 너울너울 춤추고
경이로움과 신비로움을 속삭이는 사랑 이야기

바다 아래 물 속은
형형색색의 물고기 놀이터
수면 아래 숨겨진 보물 창고
사랑의 수신호로 껌벅껌벅

오, 멋진 바다여,

당신의 무한한 아름다움으로
영원한 영감의 원천이 되는
끝없는 자연의 원동력

해녀의 노래

거친 호흡 휘파람 불며
깊은 물 속 눈빛 반짝이며
생명의 고동 소리 따라
깊숙이 깊숙이 내려간다

뜨거운 태양에 지친 몸
바다의 손길에 잠시 쉬고
하늘과 땅이 맞닿는 순간
해녀의 노래 시작된다

물거품 사이 손길을 뻗어
자맥질하는 숨소리와 함께
온갖 세월의 세속들 건져지고
빛나는 삶은 태양의 그림자

사나운 바다도 두렵지 않아

그녀가 건져 올린 전복 해삼
손녀의 입학금 용지로 투광 되며
가슴 속 감추기에 바쁜 호흡 내쉰다

커피 한 잔

아침은 베란다 창으로
슬그머니 열리고
코끝을 자극하며 퍼지는
아침을 깨우는 커피 향

습관처럼 시작되는 일상
여과지에 버려지는
커피 찌꺼기처럼
버림으로 시작되는 하루의 시작

자신의 몸을 다 녹아내린
커피 찌꺼기들의 때 국물이
진한 커피 향을 만들어내며
삶의 맛은 더욱 깊어지고

자신의 몸을 녹여
불을 밝히는 촛농처럼

옹기종기 모여 있는 커피 찌꺼기
오늘은 무엇을 내려놓을까

기름의 노래

세상을 움직이는 기름
땅속 깊이 잠든 검은 물결
어둔 세상을 밝히고
지구의 자전을 돌리는 역사
숨 쉬는 차량의 심장
헐떡이는 공장의 맥박
바다를 가르는 배의 숨소리
모두 기름을 먹고 달린다

눈에 보이지 않는 기름은
마음을 움직이는 기름
따뜻한 사랑 화사한 웃음
꺼지지 않는 희망의 치유
축복의 기름 없이 행복할 수 없듯
기름 없이 살 수 없는 인간
영원히 기름진 땅에 가고파

세계로 향하는 우주의 중심
물질과 정신 세상의 원리
하나 되어 삶을 완성하리라
기름은 영원히 흐르며
인간과 신의 교차점에 머물러
빛과 소망의 그 힘으로
세상을 움직이고 마음을 녹여
영원히 영원히 기름지게 하네

존재의 의미

우주정거장과 AI의 놀이터 속에서
별들 사이를 떠다니며 거니는
은하수를 배경으로 머무르는
광활한 우주정거장
인간은 중력의 굴레를 벗어나
색다른 자유를 느낀다
별들 사이를 유영하는 먼지처럼
무중력 상태에서 날아오른다

인공지능을 이용해 우주를 지배하려는
기계와 데이터의 소리 울려 퍼지며
AI의 놀이터는 시간과 공간을 초월한다
AI가 우주를 지배하며
새로운 세상을 만들어 나갈 때
인간은 무엇을 찾으려 하는가

시골 별들의 속삭임을 들으며
신비의 우주 경이로움으로
시 한 편 쓰던 자신에게 묻는다,
'나는 누구인가, 왜 여기에 있는가?'
기계를 통해 배워가는 우주
데이터가 쌓이는 금속 심장
인간이 갈망하는 따스한 손길

우주 정거장 한복판에
무수히 자라나는 아름다운 AI 꽃들
우주 한가운데 뛰노는 AI 동물들
무수한 대화를 거침없이 나누는 AI
그 중심에는 여전히 뻥 뚫린
인간의 허전한 마음 사라지지 않네

우주정거장의 창문을 통해

떠다니는 별들을 바라보면서
이 광막한 우주 속에서
내 존재 의미는 무엇인가?
나는 무엇을 해야 하나?

3부

끝이라고 끝이 아니다

끝이 끝이 아니다

끝이라고 끝이 아니다
또 다른 시작을 알리는 순간일 뿐
그래서 다시 시작할 수 있다

볼 수 없어도 내미는 손

그대가 있어 언제나 행복한 사람
들리지 않아도 소곤대는 소리
볼 수 없어도 내미는 손

언제나 그곳에서 기다려주고
지긋이 내려다보며 바라볼 뿐
당신이 있어 행복한 사람

그대를 알기에, 그대를 느끼기에
진정한 삶을 살아가는 행복한 사랑
고귀한 사랑이기에
그대의 손을 가만히 쥐어본다

신별주부전

깊고 깊은 바닷속
섬 하나 자라나네

플라스틱 쓰레기
빨대와 까만 비닐봉지
바닷속 풀처럼 자라나네

병 속에 담긴 바닷물
제 몸 간수하기 버거워
이리저리 휩쓸리다
보석처럼 반짝이네

그물망에 갇혀버린 거북이
이제는 어떻게
토끼의 바위에 말려놓은 간
훔치러 갈까

산토끼 바위에 올려놓은 간
황사에 찌들어
황달 걸린 듯
누렇게 변해버렸네

삶의 전언

산다는 것이 힘들다는 것
거주지를 자주 바꾸어야 하는 것

산다는 것이 행복하다는 것
거주지를 임의 대로 바꾸는 것

둘은 바꾸는 것은 같아 보이지만
서로의 이유가 다르듯

삶도 그러하다
자기의 삶을 사는 것과 타인에 의해 사는 것

나의 정당한 이유가 필요하다
삶을 대변할 만한

살아가는 법

하얀 눈이 소복이 내렸더냐
온 세상이 하얗게 덮이고
눈바람을 잊었더냐
강한 햇볕이 내리쬐자마자
대지는 질퍽거리고
어제의 하얗던 기억은 멀어지고
바지춤 걷어 올리며 뒤뚱뒤뚱
진 땅, 조심조심 바로 적응하는
요지경 현대판 세상들

완전한 사랑

다 버렸어
다 네 것이야
네가 모두 가져
오직 사랑만 남겨줘

소유하려 하지 마
네가 있든 없든
다 풀어줄게
자유야

마지막 깊은숨 몰아쉴 때
그 순간만큼은
기억해 줘
나를

사랑했었다고

사랑한다고
사랑할 거라고 말할게

아름다운 자연

산과 바다 숲과 강,
아름다운 화선지 위의 사랑스러운 삶

천연의 아름다운 아마존강
산림의 훼손과 인위적인 개발로
컥컥대며 뜨거워지는
가쁜 숨 쉬는 지구를 만들고 있네

곳곳이 떠다니는 플라스틱 쓰레기
바다에 이름 모를 섬 덩어리 떠다니고
대기 중의 미세먼지가 숨을 막고
지구의 숨통을 조이는 것을 알아

나무를 심고 쓰레기 줄이며
지구를 위해 지금 손을 내민다면
아름다운 자연을 지킬 수 있고
미래를 위한 희망을 키울 수 있을 거야

환경오염은 너와 나 모두의 문제,
작은 일상의 변화를 일으키자
지구를 사랑하며 함께 지켜가며,
더욱 깨끗하고 아름다운 지구를 만들어가자

물처럼

사람은 자기가 보고 싶은 곳만 바라본다
보지 않아야 할 곳은 보고 싶지 않은 게다
보이지 않는 곳에서 시작됨을 모르는 게다

사람은 듣고 싶은 이야기만 듣는다
싫은 이야기는 잊어버리는 게다
싫은 소리가 약인 것을 모르는 게다

사람은 높이 오르려고만 한다
낮은 곳은 쳐다보지 않는다
시작은 낮은 곳부터임을 모르는 게다

내가 흘러 강이 되고
강이 흘러 바다가 되듯
사람의 70%가 물이라는 것을 모르는 게다

모든 탄생은 물로부터 시작되고
물이 잘 흘러야 생명에게
가장 큰 행복임을 모르는 게다

조용한 산이었을 뿐

봄이 되면 아름다운 꽃들의 향기로 가득하고
여름이면 시냇물 도랑 사이로 맑은 물이 흐르는
가을은 단풍잎으로 붉디붉었고
겨울은 하얀 눈으로 덮여 설경을 이룬 풍광이다

이른 아침, 다람쥐 밤톨 갉아 먹고
청설모 이 나무 저 나무 옮겨 다니며
노루도 사슴도 뛰어놀던 자연이었을 뿐이다
커다란 폭발음이 천지를 진동하기 전까지는

맥없이 주저앉아버린 산모퉁이에
새까만 콜타르로 분칠갑 시키고
철판을 뒤집어쓴 못 보던 짐승들이
전속력을 다해 굉음을 내며 달려간다

갈팡질팡 갈 곳을 잃어 헤매던 동물들

신종 동물들에 부딪혀 죽기도 한다
높다란 성냥갑 같은 상자들 속의 사람들
쪽길을 만들어 시도 때도 없이 들락거린다

산천의 형상이 바뀌어 절룩거려도
사계절은 어김없이 찾아오고
지금도 그 산은 산일뿐이다
조용한 산이었을 뿐이다

걷히지 않는 어둠

창밖에 비가 솟구친다
무겁게 걷히지 않는 어둠
안개 속 뿌연 시야에
끝없이 이어지는 하루

어둠과 빛이 만나는 곳에
작은 불빛 하나 있었다
어둠이 그마저 삼키려 하지만
빛은 그 자리를 지켜냈다

고난 속 삶의 여정이라도
어둠과 밝음이 섞이고
작은 불빛 가슴에 두면
어둠을 이길 수 있으리

어둠이 걷히고 해가 뜨면

빛은 다시 비추어 내리니
언젠가는 걷히지 않는 어둠이
스스로 자리를 내주리니

고향

고향 산천 내음은 그대로인데
산자락 위 덩그러니 남은 폐가
굴뚝 연기 대신 거미줄만 덕지덕지
사람은 보이지 않고 날벌레만 가득

두둥실 구름에 떠가듯이
낚싯바늘에 걸린 망둥이처럼
모두 제 살 곳만 찾아 아련히
목구멍에 풀칠하는 모습

앙상하게 떠오르는 햇살 속
저물어가는 고향 서쪽 하늘엔
아기 울음소리 들리지 않고
골골한 기침 소리만 석양을 울리네

밝은 웃음은 태양에 녹아버리고
진한 어둠이 달빛에 섞어지며

구도심 하나 두둥실 떠내려가네
신도시의 아기 울음소리에 섞여

술

조그만 잔이 큰 잔으로
고요했던 몸은 용솟음치네

너울너울 파도를 만들며
입술을 적시는 한 잔 술

술술 넘어간 술은
국경을 넘어 이념을 깨고

원대한 세계사의 도화지에
아름다운 빛으로 채색되어가네

몸은 휘청이고 이성은 허우적대고
가슴과 가슴으로 숨 쉬네

술이 아닌 네가 있었고
네가 아닌 술이 있었네

수증기

뜨거운 열기에 몸을 내맡기고
하늘 높이 치솟아 오르자
끊임없이 무한한 변화는
구름이 되고 때로는 비가 되고
몽환의 안개가 되기도 하고
공기 중 사라져 버리기도 하고
가장 높은 하늘에 닿아
살그머니 둘러보고는
다시 지면으로 내려와
아무런 일 없다는 듯
새로운 모습으로 변한다

돌아가야 할 길

하나를 가지면 둘을 갖고 싶고
아홉을 가지면 열을 채우고 싶으니

여기를 벗어나면 다른 곳이 보이고
정복자들은 새로운 땅을 빼앗고 싶어해

열 손가락 깨물어 안 아픈 손가락 없지만
잃어버린 것들은 항상 더 커 보이기만 하고

여기까지만이라고 시작했던 것이
더욱 지나쳐서 정지할 줄 모르고

돌아보니 너무 와버렸구나
돌아가야 할 길이 보이지 않는구나

이사

옷장 안에 있는 옷들을 정리한다
수년 동안 한 번도 쳐다보지 않던 옷들이
물끄러미 나를 내려다본다
하나씩 하나씩 수거함으로 이송 준비한다
아낌없이 싹둑, 미련을 버린다

묵은 서류를 꺼내 든다
황금알처럼 귀하게 여겼던 서류뭉치
언젠가 화려한 빛을 발하리라 믿었건만
하나씩 하나씩 아낌없이 찢어버린다

매번 움직일 때마다 줄였던 살림들
거추장스럽게 따라나서는 것은
정작 못 쓰는 물건이나 서류가 아니고
혹시나 하는 나의 미련이
저만큼 앞장서서 함께 걷는다

눈이 녹자마자

눈의 무게를 이기지 못한 나무는
숨을 헐떡이며 땅으로 쓰러지고
하얀 덤불 밑 숨은 참새는
하얀 세상에 적응하는 법을 익혀간다

서서히 눈이 녹기 시작하면서
경직된 모습으로 드러난 땅바닥
가쁜 숨을 몰아쉬며 니코틴을 뱉어내더니
하얀색인 양 탈색된 배를 내미는 담배꽁초

꼭꼭 숨어서 숨도 쉬지 않고
하얀색인 양, 하얀 세상인 양 덮인 채
까만 모습을 드러내는 아스팔트
유난히 새까맣게 가쁜 숨을 쉰다

얼마나 더 드러나야

진흙탕인지 하얀 얼굴인지 알까
누군가는 진정 하얀 모습이었다는 것을
우린 기억해 낼 수는 있을까

선셋 투어 Sunset Tour
- 디나완 선셋 투어

구름에 안겨 빛나는 태양
지구의 평평설을 입증하듯
땅바닥의 모래와 일직선인 해면
콜럼버스의 발자국이 안 보이네

구름 가득 머금은 하늘 탓에
석양을 볼 수 없는 아쉬움이 그렁그렁
아름다운 섬을 휘젓고 다니는
모래알처럼 박힌 낯선 인간들

고요했던 감정이 출렁이고
바다와 맞닿은 수평선을 바라보며
구름 속에 숨은 태양을 붙잡아
하늘을 향해 뛰어오르네

순간순간의 아름다움을

망막 뒤에 깊숙이 묻어두고
아름다운 석양이 가슴 깊이 머무르는
자연과 함께 존재하는 기쁨

등대

어둠 위에 끝없이 펼쳐진
망망대해의 암흑 같은 바다를 향해
끊임없는 사랑의 빛을 보내는
바다 위 멋진 사내

폭우가 퍼붓고 파도가 치더라도
사내는 언제나 그 자리에 우뚝 서
칠흑 같은 어둠 속
은은한 불빛을 내쏜다

바다를 지키는 수호신처럼
어둠과 고난이 닥쳐와도
물 위를 치닫는 항해선에게
희망과 미래를 제시하는 사내이니

어둠이여 오라
흔들리는 파도여 오라

너의 길을 비추어주마
나 등대로 살아

반려견의 지방종 수술

차창에 비치는 햇살을
온몸으로 받으며
모처럼 주인과의 외출
한껏 신나서 컹컹댄다

조금 후 너를 기다리는
예리한 칼날이 살갗을 베고
거침없이 찾아드는 아픔
내일은 상상도 못 한 채 즐겁기만 하다

보기만 싫을 뿐인
점점 커지는 지방 덩어리들
무한한 사랑이라는 명목으로
너의 허락도 없이 제거하려 한다

입원실의 좁은 우리 안
어쩌면 그 어둠이 있기에

빛이 더욱 밝게 보이는 것을
네가 없는 자리가 허전해 오며 알게 된다

어쩌면 인생은 영원한 무대의 출연자인 지도 몰라

매일 아침 커튼이 오르고
무대 위에 서네

빛나는 조명 아래
주어진 역할을 연기하며
희로애락을 펼치고
순간순간을 살아가는 것

조연으로는 살기 싫어
아등바등하다 보니
주연은 되지 못하고
무대의 소품으로 기억될 뿐

무대 뒤에 숨어있는
보이지 않는 땀과 눈물
조연의 살신성인의 연기와 함께
어쩌면 영원한 막이 내릴지도

막이 내릴 때면
비로소 우리 알게 되리라
이 무대를 위해 얼마나 노력했는지
그 모든 순간이 얼마나 빛났는지를

어쩌면 인생은,
영원한 무대의 출연자인지도 몰라
우리는 그저 조연처럼 살다가
내 무대의 주연이었던 것도 모를지도

영혼의 풍경

저만치 나그넷길이 펼쳐지고
영혼의 깊은 바다와 하늘
지나간 추억과 함께하는 길
내 안의 풍경을 바라본다

어둠과 빛이 번갈아 교차하고
가시나무와 잔디 우거진
그 길은 성큼성큼 굳어져 간
지난날 고통의 시련 길이었다

맑은 하늘과 얕은 강물이
순수한 아름다움에 출렁이며
오늘, 이 순간에 내 안의 영혼은
더욱 환한 빛을 발하고 있다

시련과 고통의 시간이 나를 키웠지만

그저 지나간 추억일 뿐이다
저 깊은 곳, 삶의 진실과 순수한 아름다움
내가 원하는 길을 찾아가며 걸어가고 있다

내 안의 영혼 풍경은 끝없이 펼쳐지며
내 영혼은 오늘과 미래를 위해 살아 있고
나는 그 안에서 희망과 평화를 발견하고
끝없이 멈추지 않고 살아가리라

눈썰매

신년 새해 소복이 눈이 내리네
아파트와 아파트 샛길 산책로에서
온 동네 아이들 눈썰매 타느라
길이 번들번들 반질반질

아이들이 몰려와 시끌벅적
우리 강아지, 집 밖 창문 내려다보며
영역 지키느라 바쁘다

아이들이 지쳐 잠든 밤
비료 포대 깔고 앉은 늙은 소년 하나
밤새는 줄 모르고
쭈르륵 쭈르륵

실존적 사유 그리고 시 쓰기

박명순(문학평론가)

1. 탐색과 사유의 삶

삶과의 일치를 꿈꾸는 시인들이 있다. 오충 시인도 삶을 바탕으로 '시 현실'을 이끌어 내는 시인 중 한 명이다. 그들에게 시는 이상적인 세계로 이끄는 매개체로서 유토피아를 탐색하고 다시 사유가 되는 삶을 키우는 도정이다. 그래서 일제강점기 시대를 받아들일 수 없었던 몇몇 시인은 시를 통하여 또 다른 세상을 꿈꾸었다. 한용운의 '님'과 김소월의 '초혼' 그리고 백석의 '고향'이 그려낸 시 세계를 우리는 안다. 오충 시인에게는 실존적 사유의 시 쓰기가 그 맥락과 통한다고 보여진다. 그가 토로하는 시의 특장은 자신이 품어낸 세계를 빙의하여 물상의 본질을 드러내는 목소리에 담겨있다. 물상의 목소리를 통한 실존적 사유의 시 쓰기로 울림의 언어를 견인하는 것이다.

시에서 중요한 것이 무엇인가를 성찰하는 것은 시인마다 그 관점이 다양하다. 시적 장치의 견고함과 내밀한 긴장감을 우선으로 삼는 시인이 있고 소박한 일상언어의 친밀성을 중시하는 시인이 있다. 물론 언어와 장치의 치밀함 여부로 시의 우위를 논할 수는 없다. 생명을 지닌 모두에게 고유성이 존재하듯 저마다 대체 불가능한 가치를 지니기 때문이다. 사람마다 얼굴이 가지각색이듯이 시인이 그려낸 세계 또한 유일무이한 표상으로 존재를 현현顯顯하는 것이다.

시인의 영육靈肉으로 봇물처럼 터지는가 하면, 지성과 습작의 노고 속에서 땀땀이 태어나기도 한다. 사실 이 둘의 분류는 굳이 의미를 부여할 수도 없다. 시란 결국 시인의 천성과 공들여 갈고 닦은 창작의 과정에서 발효하여 이루어지는 생물生物이기 때문이다. 살아 숨 쉰다는 건, 시의 효용과 문학 사회학적 관점에 국한되는 게 아니다. 시와 호흡하고 대화하면서 상승의 가능성을 도모하는 모든 일체감이 시인의 이상이라고 할 수 있다.

그래서 오충 시인에게 시 쓰기는 삶의 탐색에서 절대적 가치에 이르기 위한 도정이다. 그 절대적 가치는 시의 본질이면서 삶의 에너지가 희망으로 넘실대는 좋은 세상을 지향한다. 희망과 순수가 살아 넘치는 시인의 작품세계를 들여다보자.

2. 시 쓰기를 통한 실존론적 사유

시인은 늦깎이로 입문하였으나 문학에 대한 순정과 적극적

활동으로 이미 두 권의 시집을 상재하였다. 『물에서 건진 태양』(천년의 시작), 『우크라이나 어머니의 눈물』(심지)에는 시인의 삶을 바탕으로 언어화한 웅숭깊고 견결한 사랑의 의미가 곡진하게 담겨있다. 소외된 삶에 대한 관심을 시 쓰기의 원동력으로 삼으면서 실존적 탐색을 묻는다. 〈글로벌시낭송회〉 회장으로 라오스, 우즈베키스탄 등 국내외적으로 왕성한 활동을 이어가고 있다. 그의 시는 그 에너지를 평이한 언어로 환치시켜 독자를 향하여 친근하게 다가간다.

그의 세 번째 시집 『금의 향연』은 앞의 시집에서 보여준 소외된 삶에 대한 관심과 더 좋은 세상에 대한 갈망으로 한 걸음 심원하게 나아가, 시 쓰기의 실존을 탐색한다. 흐르는 정서는 강렬함이며 현재에 대한 확신과 믿음이다. 불안이나 슬픔을 생략하는 것이 아니라 존재를 인정하고 오늘에 충실하자는 의지이다. 그래서 실존이란 '지금, 여기에 이렇게 있다'는 사유가 바탕이 된다. 지금 여기를 사는 주체인 자기 자신을 독자적으로 자각하는 것 자각적 존재로서의 실천하는 삶을 추구하는 것이다.

다음 시를 보자.

(전략)
바닷가 정착된 돛단배처럼
저녁 하늘 예비하는 달빛처럼
편안한 삶의 감동을 주는

석양의 노을일지 몰라

시를 음미하며
오늘을 아름답게 꽃 피우고
가슴속에 남아 있는 짠 바다 내음이
시 구절 속에서 녹아내린다

바다가 끝나는 곳을
보지 않고 느낄 수 있듯
시의 끝없는 여정에
우리의 영혼 머무르게 한다

　　　　　　　　　　　　 － 「시란 무엇인가」 부분

'시란 무엇인가'의 직설적 물음을 그는 비유를 이끌어서 풀어낸다. 시란 무엇인가, 묻는 마음이 곧 시를 향한 초심의 발로라고 할 수 있다. 즉 시를 어떻게 쓰고 읽으면서 세계와 소통하고 함께 더불어 살아갈 것인가의 탐색 과정이다. 다만 시인은 "시의 끝없는 여정"을 탐색한다는 점이 특별하다. 시심은 깊어지고 끝없는 시의 여정은 구원을 지향한다. 거센 파도로 세상과 맞설 수도 있으며 삶의 설레임으로 편안하게 밀려와 "우리의 영혼 머무르게 한다"며 완곡하게 지향점을 물음으로 대변하는 장치가 된다. 하지만 그에게 시 쓰기의 여정은 "시란 어쩌면 그 파도일지 몰라"처럼 비유와 추상의 세계에 머물 수밖에 없다. 구체성의 언어는 그 안에서 저마다의 삶을 돌아보는 것으로 대신해야 하기 때문이다.

그래서 그에게 '시가 무엇인가'를 묻는 건 시를 향한 지고 지순함을 다짐하는 일이며 이는 실존과 관련된다. 시가 어떻게 존재해야 하는가의 역설적 물음이 되는 것이다. 다음 시는 이 물음과 관련하여 그가 찾아낸 답변으로 읽어도 무방할 듯하다.

(전략)
봄비처럼 시원하며
여름 뙤약볕처럼 강렬하고
가을 잎처럼 촉촉하며
겨울 볕처럼 따뜻한

시간이 멈춘 그 순간
너와 나만의 유일한 세상
아름답게 익어가는
우리의 이야기를
시의 향기로 적어 나간다

– 「시의 향기」 부분

중요한 것은 "우리의 이야기"가 되어야 한다는 점이다. 서정시인에게 최대의 과제는 나의 이야기를 우리의 이야기로 치환하거나 또는 그 반대의 환유 작업일 것이다. 오충 시인에게 시 쓰기는 "우리의 이야기"를 삶의 향기로 발효하는 과정이다. 그 향기가 다시 "우리의 이야기"에서 그 씨앗을 심은 다음 "별" "눈송이" "바람"으로 확장된다. "봄비처럼 시원하며/ 여름 뙤약볕처럼 강렬하고/ 가을 잎처럼 촉촉하며/ 겨울 볕처럼 따뜻한" 새로운 세상을 연다.

> 흐르는 시간 속에
> 자동으로 보태지는 숫자
> 나이가 차곡차곡 쌓인다
> 가장 쉬운 일이다
>
> 오늘도 눈 뜨면서
> 가슴 속 약속한다
> 왼쪽과 오른쪽 가슴이
> 새끼손가락 건다
>
> 흐르는 시간 속
> 자신과의 삶의 약속
> 갈수록 점점 동떨어지는데
> 나와 내가 하나 되는 삶
> 가장, 가장 어려운 일이다
>
> – 「가장 쉬운 일과 어려운 일」 전문

가장 쉬운 일과 가장 어려운 일을 생각하는 시간이다. "즉자적 삶과 대자적 삶"의 틈새에서 시인이 고심하는 문제는 "자신과의 삶의 약속"이다. 약속을 지키기 위해서 저절로 흐르는 시간에 맡길 수만은 없기 때문이다. 시인은 시간에 맡기는 삶과 그것에 맞서 결단하는 삶, 두 가지 갈림길에서 서성이는 것처럼 보인다. 즉자적 삶은 주어진 시간을 받아들이고 순응하는 삶이며 대자적 삶은 결단하고 자각하는 삶이다. 그래서 대자적 삶은 누구에게나 접근하기 어려운 관문이 된다. 그 고통을 알고 있는 시인은 자신을 스스로 다잡기 위하여 시 쓰기에 집중한다.

우리는 시인이 어려움을 호소하거나 스스로를 합리화하는 것이 아님을 안다. 나지막한 목소리로 독백처럼 되뇌이는 고민의 음률, 그 속에는 시 쓰기를 통하여 자신의 의지를 사유하는 간절함이 배어있기 때문이다.

세상을 바꿀 수는 없지만 나를 바꾸는 건 가능하다고 하지 않는가. "나와 내가 하나 되는 삶"이란 나의 결심과 다짐과 이상이며 이것이 시의 바탕에 시심詩心으로 배경음악처럼 담겨있다. 내가 나와 일치된 삶, 오충 시인에게는 그것이 시가 되고 삶이 되며 세상을 바꾸는 하나의 희망이 된다. 이는 오롯이 오늘 나의 삶, 나의 실천으로 확인되는 자의식이며 '시의 현실'이다.

3. '지금' '이곳'에 대한 사랑의 방식

현재를 중시하는 삶은 두 가지의 양태가 있다. 미래를 지운 채 단지 현재를 즐기고 누리는 삶이 있고 다른 하나는 내일로 미루지 말고 오늘 최선을 다하는 삶이다. 오충 시인에게 '지금' '이곳'에 대한 사랑의 방식은 후자이다.

금은 좋아
돈만큼 좋은 황금
바다의 보석 소금
꿈을 만들어 주는 풍금

금은 싫어
너와 나를 갈라놓는 앙금
처녀 마음 몰래, 슬금슬금
남의 집 훔치러, 살금살금

수많은 금이 있어도
최상의 금은 지금
내일이 오지 않는다 해도
한 그루 사과나무를 심는 마음

우린 무엇을 해야 하나

지금

- 「금의 향연」 전문

제목은 황금의 이미지를 연상시키는데 동음이의어 그 이상
의 의미는 부여하지 않는다. 다양한 '금'이 등장하는 그 발상의
참신함이 황금만능주의 시대를 풍자하는 효과를 창출하는 것
이다. 언어유희를 통한 시상의 전개이다.

'금'은 화폐 이상의 교환가치를 지닌 물질이지만 화자에게
'금'은 다양한 어휘의 하나일 뿐이다. "황금, 소금, 풍금"과 "앙
금, 슬금슬금, 살금살금"처럼 대비적인 의미로 열거되고 연결
된다. 명랑 쾌활한 재미를 유발하는 언어유희가 심금을 울리
는 인상적인 마무리가 되는 것이다.

표제작인 이 시에서 화자는 '지금' '이곳'에서의 존재 의의를
실존적으로 묻는다. "우린 무엇을 해야 하나/ 지금"의 제목인
「금의 향연」을 처음 대할 때 저마다 다양한 이미지를 연상
하겠지만 대부분은 '황금'의 의미에 천착할 가능성이 높다. 시
인은 그런 대중심리를 포착하여 "황금/ 소금/ 풍금/ 앙금/ 슬금
슬금/ 살금살금"등의 상치되는 이미지를 차례로 호명한다. 그
다양한 이미지의 하나하나가 주는 특별한 의미를 굳이 심각하
게 받아들일 필요는 없다. 그저 노래처럼 즐기면서 단 하나의
의미 '지금'의 시상 흐름에 함께 집중할 뿐이다. 그 속에서 라깡
의 환유적 이미지의 전치를 즐길 수 있는 것이다.

"수많은 금이 있어도/ 최상의 금은 지금"과 같은 가벼운 진

술로 '금'의 의미를 새롭게 수렴하는 단순명료함이 오히려 깔끔하다. 상치되는 이미지를 늘어놓은 것도 이 때문일 것으로 짐작할 수 있다. 결국 시인이 재미있게 이끌어간 시상 전개 속에서 "우린 무엇을 해야 하나/ 지금"의 진술을 받아들이게 되며 그 목소리에 공명共鳴하게 되는 것이다. 그래서 '금의 향연'이 '지금의 향연'임을 간결한 울림의 언어로 노래하고 있는 것이 아닌가 싶다.

변화를 갈망하고, 실천을 중시하는 사람만이 "지금, 무엇을 할 것인가"를 묻는다. 어제를 한탄하거나 내일로 미루지 않는 자세는 현재를 살아가는 삶의 방식이다. 다만 더 많이 사랑하고자 오늘에 집중하는 것이다.

그러면 오늘에 집중하기 위해서 가장 중요한 것은 무엇일까.

오늘 종일 걸어보니 알겠다

아무리 비싸고 귀한 것이지만

내게 맞지 않으면 버려야 하는 것을

– 「비싼 신발」 전문

3행의 짧은 시이지만 절제된 리듬이 시상 전개를 매끄럽고 곡진하게 연결해 준다. 1행은 체험을 통한 자기 확신이며 2행은 비교하고 상품가치로 재단하는 세상의 가치관에 대한 간접비판이다. 3행은 자신의 존재가치를 만들어가는 주체의 의지이다. "내게 맞지 않으면 버려야 하는 것"은 시인의 주체적 결단에 대한 완곡한 표현이다. 시인이 추구하는 세계에 대한 사유가 담겨있는 것이다. 무엇을 버려야 할 것인가의 여운은 독자의 몫이다. 라깡의 환유처럼 우리는 자본주의 사회에서 강요하는 교환가치의 흐름을 끊어내는 결단의 사유를 읽어낼 수 있는 것이다.

그의 시에는 구체적 삶의 현장에서 이끌어낸 실존론적 사유를 풀어내는 물음이 충만하다. 다음 시에서 낯선 너는 누구인가.

새벽의 여명이 밝아오자
접혔던 몸은 용수철처럼 튕겨 오르고
반려견과 시작된 하루

흐르는 시간 속 고독과 적막은 겹겹이 쌓이고
인공지능과 대거리하며 아무도 모르게
굴러오는 행운 없나, 세계 우주를 방황하는 한낮

책상머리 컴퓨터를 켜는 순간
아는 척하는 인공지능과의 대화
변해버린 하루의 일과가 엉키어 버린다

쌓이는 초침의 소리
어스름한 석양은 어느새 뉘엿뉘엿 쓰러져

어둠 속 하루는 슬그머니 누워버린다

다시금 꼬깃꼬깃 접힌 몸뚱어리
낯선 너는 누구인가

             -「낯선 너는 누구인가」전문

   시인이 우려하는 하루가 영상처럼 흐른다. 새벽은 반려견
과 함께 시작하며, 그날의 일과는 인공지능이 변화무쌍하게
지시한다. 컴퓨터를 켜는 순간 인공지능이 화자를 압도한다.
초침이 쌓여 석양이 쓰러지고 어둠 속 하루가 마무리되는 시
간, '나'는 어디로 갔는가. 시인은 문득 "낯선 너"를 대면한다.
날마다 새로워지는 그곳에서 살아남은 나는 진정한 나 자신인
가를 묻는다. 그러다가 낯선 너를 자각하는 순간 새로운 나를
일깨우는 그 가능성이 열리기 시작한다.

세상 모든 이를 이해하게 하소서
마음 깊숙한 곳 흐르는 눈물이
죄를 씻어 내는 샘이 되게 하소서

남의 잘못을 꾸짖는 말보다
자신을 꾸짖는 고백을 하게 하소서
간절히 내 탓임을 알게 하소서
낮은 곳으로 임하게 하소서

그곳에 진리가 있음을 깨닫게 하소서
진정한 사랑은 높낮이가 없으니

높이 오르고자 하는 마음보다
낮은 겸손을 배우게 하소서
사랑으로 함께 가게 하소서

– 「낮은 자세로 서리다」 부분

진리에 대한 갈망이 얼마나 크고 절실한지를 단호히 보여준다. 우리는 그렇게 진실한 화자의 열망에 공감할 수밖에 없다. 진리는 복잡하고 어려운 것이 아니듯 좋은 시는 난해하고 심오한 어휘만으로 이루어지지 않아도 충분한 것이다. 오충 시인의 시론으로 읽어도 무방하지 않을까 싶다.

"세상 모든 이를 이해하게 하소서/ 마음 깊숙한 곳 흐르는 눈물이/ 죄를 씻어 내는 샘이 되게 하소서"

희망의 메시지가 이처럼 낮은 자세로 임하면서 크고 높은 이상을 꿈꾸는 것이다. 그래서 "죄를 씻어 내는 샘"은 종교적 해석에 머무르지 않는다. 시가 치유가 되기를, 위안이 되기를 혼탁해진 삶에 맑음으로 스며들기를 기도하듯이 "낮은 자세로 서리다" 문장으로 강렬하게 스스로를 향해 예언, 다짐한다.

4. 희망을 노래하는 시인

희망을 직설적으로 지향한다는 건 무모하고도 용감한 일이다. 어린아이처럼 때 묻지 않은 자이나, 아니면 죽음의 고통에서 벗어나서 새롭게 생명을 얻은 자들만이 가능할 것이다. 아마도 오충은 이 둘 다를 겸비하고 있지 않을까 싶으니 시인으로서는 매우 운이 좋은 경우인 것이다.

희망은 판도라의 상자를 여는 것처럼 위험하지만, 때로는 구원의 장치가 된다. 따라서 오충 시인이 노래하는 희망은 아픔을 겪어낸 사람이 꿈꾸는 오아시스이며 한 번쯤 머물고 싶은 정거장이다. 시인의 세 번째 시집을 읽으며 희망의 노래를 듣게 되니 그게 창작을 통한 구원의 가능성이다. 시를 쓰는 축복, 선택받은 시인의 운명에 대한 울림은 불꽃이 되어 피어오른다. 그만큼 빼곡한 여정의 발자국이다. 시인이 길어 올린 희망의 정수박이를 음미하는 시간이 소중한 이유는 이 둘의 길항이 절묘하게 어우러져 있기 때문이다.

나뭇잎 스치는 바람 소리
새들 지저귀는 소리
꽃들 망울망울 피어나는 소리
봄의 소리

너의 잔잔한 숨소리

그 소리를 모두 모아
시를 쓰면
봄의 소리 노래로 들려
귓가에 울릴지도

- 「봄의 소리」 전문

이 험한 세상에서 어떻게 지치지 않는 희망의 메시지를 품어낼 수 있을까. 오충 시인에게 그 원동력은 자연의 치유 효과와 연계되니 「봄의 소리」가 유독 맑고 밝고 청아하게 울려오는 이유이다. 바람소리, 새소리와 숨소리가 합체하여 시의 리듬과 이미지가 완성되는 기법이다.

오충의 시에서 희망의 메시지는 힘겹게 일구어낸 시 쓰기의 에너지이자 실존의 버팀목이 된다. 다음 시는 자연과 인간의 어우러진 생생한 삶의 현장이다.

물거품 사이 손길을 뻗어
자맥질하는 숨소리와 함께
온갖 세월의 세속들 건져지고
빛나는 삶은 태양의 그림자

사나운 바다도 두렵지 않아
그녀가 건져 올린 전복 해삼
손녀의 입학금 용지로 투광 되며

가슴 속 감추기에 바쁜 호흡 내쉰다

-「해녀의 노래」부분

우리나라 해녀의 평균 연령은 70세이며 제주 해녀의 절반이 '80-85세'라는 기사를 만난 적이 있다. "손녀의 입학금"이라는 맥락으로 시의 화자 역시 대학생 손녀를 둔 고령의 해녀임을 추정할 수 있다. 시인은 그 뜨거운 태양의 에너지로 바다와 맞서는 강인한 삶을 그려낸다.

「해녀의 노래」마지막 연에서 그 염원의 구체적 형상을 갖춘다. "물거품 사이 손길을 뻗어/ 자맥질하는 숨소리"가 생생한 현장감으로 들려오는 이유이다. 자연과 더불어 노동하는 삶은 인간의 자유를 성숙하게 하며 신체를 건강하게 단련시킨다. 스물 중반의 나이로 물질을 시작하여 80대로 접어들면 50년 이상의 구력이다. 그 풍파의 삶은 "온갖 세월의 세속들 건져지고"로 진술된다. 그리하여 해녀의 삶은 숨비소리 노래로 형상화되고 "빛나는 삶"은 "태양의 그림자"로 자리 잡는다.

하나를 가지면 둘을 갖고 싶고
아홉을 가지면 열을 채우고 싶으니

여기를 벗어나면 다른 곳이 보이고
정복자들은 새로운 땅을 빼앗고 싶어해

열 손가락 깨물어 안 아픈 손가락 없지만
잃어버린 것들은 항상 더 커 보이기만 하고

여기까지만이라고 시작했던 것이
더욱 지나쳐서 정지할 줄 모르고

돌아보니 너무 와버렸구나
돌아가야 할 길이 보이지 않는구나

-「돌아가야 할 길」 전문

희망의 메시지가 보여주는 맹목적 돌진만으로는 위태위태
하다. 따라서 시인의 자각은 '멈춤과 돌아봄'이다. "돌아보니
너무 와버렸구나/ 돌아가야 할 길이 보이지 않는구나"처럼 돌
아봄의 변곡점을 마련할 줄 알아야 한다는 깨우침이다.

"여기를 벗어나면 다른 곳이 보이고/ 정복자들은 새로운 땅
을 빼앗고 싶어"하는 세상에서 우리는 실재한다. 뺏기지 않으
려면 내가 먼저 뺏어야 한다고 경쟁을 당연시하는 세뇌 논리
에 말려들고 있다. 이 지나침의 자본주의 시스템에서 멈춤과
돌아봄을 어떻게 마련할 수 있을까.

시인의 탄식은 우리 사회에 만연한 지나침에 대한 경계이
다. 우리는 지나침은 부족함만 못하다는 말을 잊어버렸거나
사유에서 삭제해버렸다. 그러나 방법이 없다. 돌아가야 할 길
을 찾아야 하는데 그 터널의 출구가 보이지 않는다. 시인의 고

민은 더 깊이 침잠한다.

(전략)
봄은 이미 와있지만
하늘을 막는 아비규환과
가슴을 뚫는 탄환
봄을 울음바다로 밀어내나 보다

봄은 겨우겨우 문턱을 넘어보지만
어쩌면, 어쩌면 숨도 쉬지 못한 채
실종되어 버린 삶의 일상처럼
뜨겁게 내리쬐는 여름에 사살될지도

우크라이나의 봄을 그려본다
－「우크라이나 봄」부분

전쟁은 권력자들의 욕망으로 인하여 인간의 존엄성을 무참하게 파괴하는 과정이다. 적이라는 프레임으로 세뇌된 채 양민이나 어린이 여성까지 무차별하게 학살한다. 싸우는 이유도 모르면서 진영논리로 공격하고 짐승으로 변해서 살육을 일삼게 된다. 현대전은 대량 살상의 잔인함이 더욱 극단으로 치닫고 있다. 동시에 전쟁이 열강의 주가를 올리고 수익 창출로 연결되는 건 이미 잘 알려진 상식이다. 최신식 무기 구입을 위해 민중의 삶이 지옥에 빠지는데 싸움을 붙이고 구경하는 이들은 술수를 부려서 재화를 축적한다.

시인은 가장 예민한 감각대로 반응하면서 공생공영의 출구를 타진한다. 아군과 적군, 승리와 패배 또는 선과 악으로 규정하여 상대적 해답을 제시하는 것이 아니라 절대적 가치를 포기하지 않으려는 고해성사와 같다. 그렇게 그가 기다리는 '봄'은 현실의 문턱에 걸려 신음하고 있다.

아침에 마주하는 슬픔
성당 안을 가득히 채우며
안경 너머 숨겨진 눈물 흐르며
남이 볼까 몰래 살짝살짝 적신다

잔잔한 슬픔은 소리로 증폭되고
고막을 두드리는 소리로
파도가 되고 물결이 되어
거대한 폭풍우로 변해버린다

커지는 슬픔을 참아내는
아침 장례미사
함께 나누면 슬픔이 조금 가라앉을까
아침을 깨우는 슬픔으로 아침은 밝아온다
　　　　　　　　　　　　　－「아침을 깨우는 슬픔」 전문

성당의 아침 장례미사를 그린 풍경으로 우리의 생사를 성찰하며 마무리하고 싶다. 화자가 참여한 장례미사는 구체적 정황은 생략되어 있으나 "고막을 두드리는 소리", "거대한 폭풍우" 이미지를 통하여 잔잔한 슬픔의 이미지를 변주한다. 다행이랄까, 삶과 죽음의 교차지점으로 선택한 아침 이미지가 삶의 긍정적 밝음으로 이어진다.

시인의 내면을 그린 절절한 시를 인용하며 글을 마친다.

시련과 고통의 시간이 나를 키웠지만
그저 지나간 추억일 뿐이다.
저 깊은 곳, 삶의 진실과 순수한 아름다움
내가 원하는 길을 찾아가며 걸어가고 있다

내 안의 영혼 풍경은 끝없이 펼쳐지며
내 영혼은 오늘과 미래를 위해 살아 있고
나는 그 안에서 희망과 평화를 발견하고
끝없이 멈추지 않고 살아가리라

－「영혼의 풍경」 부분